바벨塔의 욕망과 길 위에서

바벨塔의 욕망과 길 위에서

발행일	2019년 11월 25일

지은이	조환규		
펴낸이	손형국		
펴낸곳	(주)북랩		
편집인	선일영	편집	오경진, 강대건, 최예은, 최승헌, 김경무
디자인	이현수, 김민하, 한수희, 김윤주, 허지혜	제작	박기성, 황동현, 구성우, 장홍석
마케팅	김회란, 박진관, 조하라, 장은별		
출판등록	2004. 12. 1(제2012-000051호)		
주소	서울특별시 금천구 가산디지털 1로 168, 우림라이온스밸리 B동 B113~114호, C동 B101호		
홈페이지	www.book.co.kr		
전화번호	(02)2026-5777	팩스	(02)2026-5747

ISBN	979-11-6299-979-0 03810 (종이책)　979-11-6299-980-6 05810 (전자책)

이 도서의 국립중앙도서관 출판예정도서목록(CIP)은 서지정보유통지원시스템 홈페이지(http://seoji.nl.go.kr)와
국가자료공동목록시스템(http://www.nl.go.kr/kolisnet)에서 이용하실 수 있습니다.
(CIP제어번호: CIP2019047458)

조환규 시집

모두가 쫓는 욕망을 내려놓고
자신만의 길을 걸을 때 행복해지지 않을까?

바벨塔의 욕망과
길 위에서

북랩 book Lab

머리글

청년 시절부터 꿈꾸어 왔던 詩에 대한
熱情을 되살려내고픈 간절한 열망이
여기까지 이끌고 온 힘이 되었다.
은퇴를 앞두고 보낸 수없이 많은
고뇌와 번민의 날들을
오롯이 담고 싶은 마음도 있었다.

하지만, 詩를 쓴다는 것이
누구에게든 엄청난 고통과 아픔이
뒤따른다는 것을 새삼 깨닫는
소중한 시간이기도 하였다.

이러한 뜻으로
많이 부족하고 부끄럽긴 하지만,
살아오면서 나와 因緣을 맺은
소중한 분들께 감사한 마음을 담아
지난 3년간의 痕迹과 넋두리를 모아 엮은
이 拙著를 드립니다.

2019. 11.
道外 조한규

차 례

달빛의 봄

태곳적부터 나의 몸을
빠져나간 달빛
대지에 쏟아져 내리자
봄꽃들, 일제히
세상을 향해 砲門을 열었다.

꽃들이 門을 연 그 자리
아직도 단단히 붙들고 매달려 있는
말라붙은 잎새들,
地上까지의 멀고 먼
그 길이 두려워
심하게 바람에 흔들리고 있다.

　- 달빛이 속삭인다.
　"우리 작년에도, 내년에도 만나지 않았는가?" -

수없이 많은 날들!
낯선 세계로 향하는

門을 열지 못하고
자꾸, 자꾸 뒤돌아보며
불면증 걸린 손으로 더듬기만 하였다.
꽃망울 아프게 터지던 봄에도
덜컹거리는 겨울에
오랫동안 미적미적 머물러 있었다.

늦은 밤,
엊그제 핀 꽃들
하나, 둘 미련 없이
서둘러 地上으로 몸을 던진다.
현재와 과거의 시간이
미래의 시간 위에 폭죽처럼 꽃을 피운다.
이제야 봄이 새록새록 밟힌다.

門 앞에서

불안의 별들이 쏟아지는
자정 무렵,
삐걱대는 門과
어둠 너머, 흐릿한 門 사이로
길을 잃은 한 사내가
지난 50년을 힘겹게 걸어가고 있다.

어떤 문도
열지 못하고, 늘
문 뒤의 세상이 두려워
수없이 많은 계절만 짓고 부수었다.
그 간, 먼지만 화석처럼
수북이 쌓여 삐걱거리는
자동회전문만 끝없이 돌고 돌아
한 걸음도 떼지 못하였다.

길가 꽃잎의 잔해처럼
널브러져 있는

永遠을 향해 손짓하던
나의 슬픈 눈 위로
별빛이 포개어지는 순간
별들을 떠받치던
하늘의 門이 열렸다.
긴 긴 겨울의 닫힌 門을
활짝 열어젖힌 눈부신 봄꽃들!

여기저기 아이 얼굴처럼
내밀던 꽃들이
재빨리 별빛 속에
몸을 숨기던 봄날 저녁,
지난 세월
씨앗처럼 땅에 묻고
또 반세기를 향해 걸어가고 있다.

별과 庭園

바다에 잠긴 적 없는
별을 보려고 살아왔다.
꽃이 수만 번 피고 지는 시간에도
인류의 찬란했던 문명이
지하에 봉인된 망각의 시간에도

바람이 불 때면
산화하는 꽃향기
붙잡으려는 열망으로
하늘을 보지 않는 날들도 더러 있었다.
장마철 거세지는 빗줄기에
무너지는 모래城을
세우려는 생각으로
밤새 뒤척이는 날들도 많았다.
칠흑 같은 터널 안에서
한치 앞도 보이지 않던 오십 줄
하늘의 별조차 잊고
지낸 순간이 더 많았다.

별을 잊고 지낸 시간이
길어질수록 나무들은
불치병에 걸린 듯
야위어 갔고, 여러 해 동안
열매를 맺지 못했다.

나를 삼켰던 폭풍우 가라앉고
청명한 하늘, 한 차례 閃光이 일자
그림자들 연못 속으로
자취를 감추고
정원의 나무들
하늘의 별이 되어 올라갔다.

바벨塔의 욕망

I

혹한의 겨울에도
장미는 피어나고
가상현실에서도
시도 때도 없이 피어나고
올봄, 담벼락에 핀
가시 없는 저 빨간 장미는
살아 있는 꽃일까?
아님, 상상 속의 꽃일까?

유년의 뒷동산
소박한 꿈 한 움큼씩 움켜쥐고
썰매를 지치던 아이들
永遠의 미소 주고받으며
깔, 깔, 깔 웃음꽃 산중에 흩날리고
부끄러운 무화과 자라는 뒷동산
탐욕의 꿈을 땅속 깊이 감추고

유령처럼 서 있는 아파트들
단단한 벽에 등을 대며
뚜, 뚜, 뚜 박제된 언어만 흩날리고

바벨탑보다
더 높이 솟은,
롯데월드타워 서울스카이 123라운지
노신사는
"여기는 몇 층이지?
 여기가 어디인가?"
자랑스러운 듯 내뱉지만
거센 바람에 허공으로 흩어지고
아득히 멀고 먼
지상의 인간을 볼 수 없어 기뻤다!
하늘에 닿으려는 끝없는 열망에
우리들의 언어는
찬란한 구름 너머, 하늘에서
떨어져 나간 수많은 별들의 눈물이다.

Ⅱ

우리는 모두 탑승했다
이카로스의 자취를 쫓아
끝없는 인간의 욕망을 가득 싣고
'엘도라도'를 갈구하는
빨갛게 충혈된 눈들을 가득 싣고
항해에 나선
세월호!
진도 팽목항에 매복한
거대한 어둠의 안개에 사로잡혀
해저 깊은 명왕성을 향해
항로를 급히 변경하였다.

"가만히 있으라!
 가만히 있으라!"
 (누구세요? 무슨 말을 하는 거죠!)
인간이 들을 수 있는 소리인가?
불 꺼진 등대에서 나오는 짐승의 소리인가?
누군가의 넋두리에
이 땅의 많은 청춘들
깃털보다 가벼운 바다의 거품이 되었다.

닫힌 문들만 보이는 거리에
한 곳을 향해
떼 지어 몰려가는
사람들의
검게 그을린 입들이 모여
자신만의 망상을 풀어놓는 廣場
사력을 다해 펄럭이는
노란 리본 물결 위에
구겨진 햄버거 포장용지가 하늘을 뒤덮었다.

　(인간의 뼈를 수습하는
　바다 생물들만 분주히 거품을 吐해내고)

침묵이 흐르는 광화문 광장엔
디지털 신호음만
삐익~ 삐익~ 삐익!
잠자는 숲속의 공주는
오랜 시간 깨어나길 두려워했고
인간의 목소리는
더 이상 어디에서도 들리지 않았다.

Ⅲ

언젠가 해운대 백사장으로
찾아온 그녀는
낯선 앵무새처럼
나에게 장밋빛 미래를 보여 달라고
바싹 마른 모래밭에서
피어나는 빨간 장미를 보여 달라고
장영자의 부도어음보다
더 강렬한 눈빛을 쏘아 보냈다.
수년간 입술 없는 여인들의 유혹을 쫓아
수천 가지 뒤틀린 미소를 짓고
수없이 많은 목소리로
나를 설명하였으나
나의 정원에 피어날
꽃 외에는 관심을 두지 않았다.

한강 변에서
커피 한 잔 마시며
11월의 토파즈를 노래하기도 하였다
이름 모를 풀조차
흔들지 못하는 바람이 불고

테이블 위로
무성한 소음이 난무하지만
그녀의 귀에까지
도달하지 못하는
마비된 혀의 무의미한 동작과
그녀의 혀에 수북이 쌓인
언어의 災들
강물과 뒤섞이며 끝없이
썩은 거품이 떠다니는 바다로 흘러갔다.

캘리포니아,
산타바바라 해변
"머니 앤 러브", 요트를 즐기며
치열하게
맹렬하게
사랑으로 포장된
다이아몬드에 덮인 해골의 塔을
바벨탑보다
더 높이
더 빨리
쌓기 위하여
한순간의 방심도 허락되지 않았다.

IV

금세 사라질 서류더미에
평생의 王國을 꿈꾸며
나는, 순례자의 심정으로
빨간 장미들 꿈으로
자라나는 정원을 찾아
매번 우루크로 향하는
길에 올랐다
북극성 사라진 길 위에서
망각의 시간들을 끝없이 퍼 올리다
빠진 절망의 늪!
짙은 회색 안개에 싸인
무너지는 탑에 갇혀
욕망에 눈이 멀어
탐욕에 눈이 멀어
우리는 너무도 쉽게 에덴동산을 버렸다.

우리는 다시
에덴동산으로 돌아갈 수 있을까?
떨어진 별을 세우고
에덴동산을 찾아는 갈 수 있을까?

심해의 동굴 속에서
빛마저 끊긴 4월의 숲속에서
바벨탑의 욕망에 갇힌
인간의 뼈를 해체하라!
인간의 뼈를 해체하라!
해체되며 폭풍우 몰아치는 바람을 타고
아라랏산으로 올라갔다
지상의 가장 낮은 곳으로 내려와
새로운 탄생을 준비하라!
새로운 탄생을 준비하라!
힘차게 튀어 오르는
푸른 연어처럼
인간의 목소리들이
침묵조차 남지 않은
숲을 흔들어 깨우도록
진실한 사랑으로 입맞춤하라!
진실한 사랑으로 입맞춤하라!

서러운 봄

산야가 온통 붉은 울음을
끼익~끽 토해낼 때에도
마음 한 자락에
별 하나쯤 감추어두고 가자.

5월 만발한 푸르름이
하늘을 온통 뒤덮을 때에도
나무 꼭대기에
별 하나쯤 걸어두고 가자.

사막 같은 밤들이
탁한 강물처럼 흘러내릴 때에도
별 하나쯤 바라보고 가자.

하루해 보다 짧은
봄이 가는 길목에
별 하나쯤 토닥이며 놓아두고 가자.

속도의 바다

각혈하듯 어둠을
쏟아 내는 바다에
주검을 건져 올리는 漁船들
밤하늘에 점점이 돋아나고
갈매기 한 마리 날지 않는
갑판 위로, 그물마다
마비되어 흐릿해진
눈들이 빽빽이 박혀 올라온다.

광섬유로 짜여진 바다에서
어지럽게, 알 수 없는 신호음이
폭풍우처럼 몰아치는 바다에서
일정 거리를 유지한 채
빠른 물살에
이리저리
밀리며
밀리며
물살의 속도를

따라잡지 못하는 눈(眼)들,
그물에 감겨 퍼덕인다.

속도를 강요하는 바다에서
속도를 신성시하는 바다에서
속도를 내지 않으면
溺死하는 바다에서
회색 안개에 잘린 시퍼런 입들만
넘실대는 바다에서
나는, 풀어진
눈(眼)만
위로
아래로
굴리며 파도에 휩쓸려 간다.

  - 미지의 행복한 세계로 가는 門,
    인터넷! 속도는 생존이다. -

뒤로 돌아 나갈
門이 보이지 않는
깜깜한 바다에서
질식되지 않으려

재빠르게
숙명처럼 헤엄쳐 온 상어들
경매장에서
마지막 숨을 겨우 몰아쉬며
검은 별들 촘촘히 박힌
창백한 하늘만 힘없이 바라본다.

바다에서 수천 리
떨어진 강의 상류,
물고기들 유유자적 춤을 춘다.
폭풍우 거세지는 줄 모른다.

불안不安

태양도 목이 말라 신음하며
절뚝거리는 들판에 떨어진 별을
쪼아 먹던 새들, 땅에도
하늘에도 둥지를 마련하지 못해
죽은 나뭇가지 끝에 앉아
회색 하늘을 멍하니 바라보고 있다.

어둡고 음습한 房 안
컴퓨터의 잔해들
주인인 양 빛을 깜박이고
오래된 곰팡이 냄새 간헐적으로
내뱉는 커튼 뒤 깊숙이
몸을 숨긴 환영의 그림자
웅크린 채 두려움에 떨며 앉아 있다.

나는 어디에 있는가?
나는 어디로 가는가?

거친 광야의 하늘을 흘러가던
수없이 많은 門들, 구름처럼 흩어지고
어느 것 하나 열지 못했던
지나온 시간의 뼈아픈 역습!
북극의 빙하는
적도의 냉혹한 여름을
뻘뻘 땀을 쏟으며 밀려서 간다.

날개 잃은 잿빛 하늘에서
떨어진 고토리의 별은
눈보라에 묻혔는가?
인간의 목소리 들리지 않는
조각난 길들, 끊긴 듯 이어진
들판과 방의 경계에서
우리는 서서히 지워지고 있다.

그대는 어디에 있는가?
그대는 어디로 가는가?

빛

빛보다 빨리 눕고
빛보다 빨리 일어나
바람과 비에도
젖지 않아 불안한 日常
빛보다 빨리 일어나고
빛보다 빨리 누우니
늘 함께하는데도
어색하여 더 불안한 日常

한 방향의 빛보다
여러 방향에서 더 빠른
팽팽한 긴장으로 이어진 소실점에서
무심코 지워지는 어머니의 얼굴,
어디에나 있으면서
어디에서도 발견되지 않는
창백하게 두려운 우리의 목소리

어머니의 치마폭에서
지고 뜨던 별들로 가득했던
너와 나의 王國은
빛보다 빠른 疾走의 도로에서
길을 잃었다.
아찔한 깊이로 보이질 않는다.

까마득한 절벽 위에서
우린, 어디를 향해 날아오를 것인가?

하늘의 별들만 투명하게
가라앉은 침묵의 고요를 숨 쉬며
이제는 빛보다 천천히 흘러가고 싶다.
깊이를 헤아릴 수 없는
느릿한 별이 되어
하늘을 가로질러 가고 싶다.

만나지 못한 봄

사람들이 너무
많았던 탓일까?
자태를 한껏 뽐내던 봄꽃들
서둘러 자리를 뜬다.
무성한 발걸음만 총총히 울린다.

듬성듬성
초록 잎 사이를
올려다보던 불안한 시선들
喪輿처럼 떨어지고
힘겹게 올라왔을 계절이
어머니의 한숨보다 더 짧은
時間의 토막들을
길가에 뿌려놓고
아득히 먼 길을 재촉한다.

우리는 만나지
못할 운명이었을까?
그 짧았던 봄의 어귀에
도착도 하기 前
찢어질 듯 자동차 경적소리에
발목이 잡혔던 것일까?
꽃의 殘骸를 끌어안고
도망가듯 목 놓아
울며 해가 지고 있다.

나는 꽃을 보러 바쁘게 왔으나
꽃은 나를 두고 서둘러 떠난다.

한 여름의 사랑타령

步道 위, 작은 틈에
뿌리내린 연약한 풀꽃
천년의 어둠 깊이 내려가 얻은
바싹 마른 고독과 절망의 씨앗들
힘겹게 하늘을 향해 날았으나
탁한 먼지만 풀풀 일었다
투명한 햇살 품은 들녘으로
가고픈 꿈은 道路의 열기에 지친다.

엄마와 누나가 살던 江邊은
검푸른 욕망에 뒤덮여 숨 쉴 수 없는
엄마와 누나의 강변에는
녹조를 뒤집어쓴 모래
마른 기침소리의 갈잎들
엄마와 누나가 살던 강변은
되새김질하는 추억의 욕망이
죽어가는 물고기처럼 헐떡이고 있다.

나는 당신을 사랑할 수 있을까요?
당신에게 돌아갈 수 있을까요?
늘 옆에 있지만
잘 볼 수 없는 당신에게

뛰어난 통찰력으로
천연색의 날카로운 붓을 휘둘러
들판의 길들과 산들을
화폭에서 조금씩 지워 가는
저 위대한 선택은
누구를 위한 사랑이었을까?

엄마와 누나가 살던 江邊은
홀로 따가운 빛에 감금된
풀꽃의 삶을 지치도록 그리워한다.

꽃, 나무와 나

꽃은 꽃이었고,
나무는 언제나 나무였네.
낮이든 밤이든
누가 이름을 부르기 전에도
누가 이름을 부르지 않아도
꽃은 꽃이요, 나무는 나무였네.

햇살이 그림자를 일제히
배출하는 시간
그림자는 견고했던 돌들을
감추고, 검은 손아귀로
열심히 산과 강을 지우고 다녔네.
적막한 밤이 되자
햇살이 몰래 감춰 놓은
언 大地 아래 언뜻언뜻 비치는
에덴동산을 엿보려는 열망으로
不眠의 눈들이 슬픈 별처럼 떠올랐네.

낮과 밤은 그렇게
하늘과 땅만큼의 까마득한
거리를 거꾸로 달려온 시간이었네.

산과 강이 사라지는 순간에도
별이 뼈가 시리도록 빛나는 순간에도
꽃은 꽃이었고, 나무는 나무였네.
난, 언제쯤 되어서야
낮에도 밤에도
꽃처럼, 나무처럼
변함없이 하나 되어
같은 꿈을 노래할 수 있을까?

산과 강의 품으로
온전히 내려앉는 별이 될 수 있을까?

어느 여름에

길을 잃은 강물은
제 몸에 자꾸 생채기를 내다
곪아 터진 상처를
물 밖으로 뱉어 내며
바다에 와서 미친 듯이 울었다.
地上으로의 길을
포기한 바람은
사라진 별자리 냄새를 쫓아
하늘로 하늘로만 올라가
악귀 같은 피 울음을 토해내었다.
숨조차 쉴 수 없는
열기가 폭우처럼 한바탕
쏟아지던 여름
꽃과 나무는
지상의 깊은 어둠을 향해
잎들을 먼저 보내고
소리 없는 울음을 겨우 참았다.
폐부 깊숙이 흐르지

않는 강을 만들며, 새들은
서쪽으로 서쪽으로만 날아갔다.
지상엔 사람들만 남아
산과 강
그리고 바다에서
우글거리는 구더기처럼
죽음의 열기를
온몸으로 뿜어내며
뒤엉킨 채 미친 듯이 웃고 있다.
최후의 流星으로
떨어지는 매미 울음소리
화석처럼 가을 하늘
저만치 가서 박히고 있다.

거미줄 안의 집

어딘지 알 수 없는 곳에서
불어온 바람에 나무와 꽃이 흔들린다
어딘지 알 수 없는 곳에서
내리는 비에 꽃과 나무가 젖는다
밤은 흔들리고 젖다가
땅 위로 내려와 밤새 울었다
바람과 비를 빠져나온 슬픈 길들이
나이테를 바깥으로 밀어 세운다.

매미는 제 껍질로 돌아오려고
칠만 년의 두께로 서럽게 울었고
끝없이 이어진 집의 지붕들도
어깨를 들썩이며 낮게 내려앉는다
바람에 흔들리지 않고
비에도 젖지 않는 그대들은
언제 한 번
목 놓아 울어 볼 것인가?

거미줄처럼 완벽히 연결된
인터넷 세상에서, 제집을 거미줄처럼
엮어 안으로 안으로만
고독의 실을 쉼 없이 뽑아내어
견고한 성을 짓는 거미는
바람과 비에도 전혀 아랑곳하지 않았다
거미줄에 몸부림치며
타들어 가는 매미 울음소리

거미줄 집 마당엔
별빛이 길을 잃은 지 오래다.
몸에 칭칭 감겨 옴짝달싹 못하는
촘촘한 거미줄 網을 벗어나
비와 바람 속으로 가는
나만의 길을 만들고 싶다.

다른 세상으로 가는 길

거센 폭풍우와 어둠이 뒤섞여
태초의 混沌처럼 앞이 보이지 않는
언덕 너머를 바라보며
앉은 30년 된 의자를 너무 사랑했던 것일까?
세상 밖과 斷切의 역사를
함께 일구어 온, 비대해진 몸의
영원한 안식처로 여겼던
불치병 같은 회전의자에 너무 執着했던 탓일까?
우레처럼 들려오는 시계의
초침소리에 놀라 깬 새벽의 고요!
지난밤부터 쏟아지는 비에
온 방은 물에 잠기고
둥둥 떠다니는
의자는 더 이상 나의 자리가 아니었다.
不安이 폭포수처럼 쏟아지는
惡夢을 떨치지 못하고
밀리며 떠밀리며 언덕 위에 서서
黎明 위에 희미하게 빛나고 있는

별 하나를 향해
비틀비틀 걸음을 떼었다.
실루엣처럼 드리워진 그곳을 바라보며
천 년의 바위처럼
깊게 박혀있던 울음을 吐해 내었다.

가을 햇살

가을 햇살은
여름의 시간과 겨울의 시간 사이에
빛난 슬픔을 떨어뜨리며
짧은 궤도를 기일게 지나간다.

가을 햇살은
지난여름을 통째로 머금은 빨간 대추와
자양분을 내어주며 생명을 키워 온 숲길과
긴 여정 끝, 깊은 바다의 속살을 알알이 쏟아내는
연어의 환희에 춤추는 눈망울을 비추네.

가을 햇살은
축축한 습기에 취해가는 검은 열매와
암흑 속에서 明滅하는 별의 행로와
다시 올지 모를 땅을 밀어내며 바다에 몸을 던지는
바다거북의 전의에 불타는 눈망울을 비추네.

가을 햇살은
과거의 시간과 미래의 시간 사이에
불안이 응축된 씨앗을 떨어뜨리며
긴 궤도를 빠르게 지나간다.

한 사내가 등에 가을
햇살 받으며 두 눈 부릅뜨고
올지도 모를
봄을 향해 비틀비틀 걸어가고 있다.

이사 가던 날

깊어가는 어느 가을
10년의 惡夢이 켜켜이 쌓인 집을 뒤로한 채
짙은 회색빛 안개가 거대한 城壁처럼
둘러싸인 동탄 新都市를 향하여
잔뜩 설레는 마음으로 몸을 옮겼다.

새로운 空間에
또, 묵은 껍질들을 켜켜이 쌓고 있는,
조금의 빈틈도 허락하지 않는,
견고한 논리로 무장한
분주한 아내의 손가락 앞에서
친숙한 것들과
다시 살아야 하는 낯선 風景을
바라보는 서글픈 눈망울
거리의 헤진 落葉처럼 뒹굴었다.

나는 이제까지 나의 집에 살고 있었을까?
나와 함께했던 잡동사니들
틈바구니에서, 끊임없이 눈치 보며
겨우겨우 저녁에만
얹혀 지내고 있었을 뿐이었다.
追憶을 공유하지 않는 異邦人처럼
나의 자리는 애초부터 없었던 것은 아니었을까.

  – 언제까지 거기, 그렇게
    우두커니 서있을 거예요?
    지금, 짐 정리하는 것이 안 보여요? –

짐이 되기 싫어
슬그머니 집 밖을 나와
정처 없이 이리저리 배회하였다.

길 1

희미하게 끝도 없이 이어지는 길
수많은 사람이 幽靈처럼 흘러 다녔다.
시커먼 안개에 갇힌 그 길에
잦은 폭설과 폭우로 길은 사라졌고
발자국은 여전히 浮草처럼 떠다녔다.
유년부터 지나온 길은 어디에도 보이지 않았다.
도저히 풀 수 없는 暗號들이
두꺼운 外套로 옷을 갈아입는 時間,
어딘가를 향한 불안한 시선들이
간혹 보이긴 하였지만
여러 갈래의 길이 창백한 얼굴로
나타났다 회색 안개 뒤로 재빨리 모습을 감추었다.
"어디로 가는 거야? 앞이
보이질 않아! 당신은 알고나 가는 거야?"
일상의 커피를 마시듯
내뱉는 말들은 미세먼지처럼 떠다녔고
우린 그렇게 한참을 걸어왔고
또 그렇게 걸어가고 있을 뿐이었다.

길가 줄지어선 枯木처럼 새로운 길은 무뎌져갔고
喀血까지 동반한 高熱은 내내 지속되었다.
"그냥 걸어! 그게 길이야!"
움켜쥔 것들을 놓지 않아 길은 고단했고
벽에 단단히 박혀있는 充血된 눈으로
바라본 길은 생채기만 났다.
매년 겨울, 똑같은 곳을 향한 새의 날갯짓처럼
사라져버릴 길에 열정적으로 獻身하였을 뿐
아브락서스의 새가 되는 길을 포기하였다.
난, 언제쯤이나 눈을 들어
하늘의 별을 올려다볼 수 있을까?

길 2

모두가 걷는 길 위에서
새로운 길을 선택하지 못했던 罪의 시간들-
거역할 수 없는 水平의
은밀한 重力에 떠밀려
부르터진 발을 질질 끌며 걷고 있다.
별빛 숨어버린
正午의 한가운데를 걸어가고 있다.

길은 속살도 보여주지 않고
미래의 시간도 숨겨놓은 채
냉혹한 表情으로
거기, 그렇게 서 있고
시지프스의 돌보다 무거운
바람을 등 뒤에서 실어 보내고 있다.
바람에 휘청대며 흘러가는
연약한 풀꽃들이 파도에
실려 온 물고기의 깡마른 비늘처럼
어깨를 부딪치며 비좁은 길을 걷고 있다.

보이는 길에만 의지하여
자신만의 길을 탐색하지 않을 때
길은 길 안,
깊숙이 몸을 숨긴다.
당뇨병 환자처럼
나의 길을 서서히 窒息시켜 왔구나!

아! 떠밀리며, 밀리며
오늘도 익숙한 그 길을 걸어가고 있구나!

길 3

유년시절 꿈꾸던 길이 사라지고
眩氣症 나는 길들이 자리 잡은 이후
마비된 心臟을 앞세우고
집을 나서는 일이 두려워졌다.
길을 나서기 전에 우리는
목적지를 찾아가기 위해 우리는
반드시 기계에 숨을 불어넣어야 했다.
"잠시 후, 우회전하세요.
100미터 앞에 목적지가 있습니다."
아! 얼마나 편안한 세상인가?
차 안에서 지워진 나는
나를 철저하게 외면하는
또 다른 인간이 늘, 거기에 있는 세상은-

우리의 마음에도
내가 아닌
네비게이션이 이제는 필요한 것일까?

어느새 網膜의 시신경은 끊어지고
腦는 백만 년 전의 化石처럼 굳어가고
길을 볼 수도
길을 찾아갈 수도 없다!
별빛 쫓아 걸었던 에덴의 길도
어린 왕자가 걸었던 사막의 여정도
포클레인의 육중한 발걸음에 자취를 감추었다.

목적지를 알 수 없는
우왕좌왕하는 수많은 길들이
자고 나면 우후죽순 여기저기 피어나고 있다.

길 4

겨울이 깊어갈수록
두 개의 길은 중첩되어 나타났고
因緣이 깊어질수록
가고픈 길은 사라지고
새로운 길도 멀어져갔다.

마지막 열매 떨어지는
氷河의 새벽
지나간 계절과
다가올 계절 사이에서
가지 끝, 간신히 매달린 잎새들
불안한 視線으로
길이 끝나는 곳
슬며시 돋는 실핏줄 같은 길에
새로이 돋아날 잎들을 凝視만 한다.

다른 길로
가는 것이 두려워
왕참나무 아찔한 높이를 견디며
밤새, 혹한의 추위에 떠는
나는, 하염없이
地上 위로 落下하는 꿈만 꾼다.

헤진 사랑을
최후의 가을 햇살인 양
內臟 안에 부산물처럼 가두어 놓고
뼛속 깊이 움터오는
새로운 피를 수혈받지 못해
깡마르게 말라가고 있다.

길 5

익숙한 길만 걷다가
다른 길은
애써 외면하다가
곰팡이 꽃 茂盛하게 피어나
길을 잃고 말았네.

정해진 길만 보다가
다른 길로
눈 돌릴 용기 내본 적 없어
조금 쌓인 눈(雪)에도
길이 보이지 않았네.

봄이 오면,
이젠 다른 길을 가야만 하는데
집요한 겨울의 오랜 沈黙이
뇌에 浮腫처럼 자리하고 돋아나
나를 잃고 마네.

봄이 오면,
이젠 정말 길을 나서야 하는데
버려진 시간의 깊은 痕迹들
등에 딱지처럼 달라붙고 부풀어
내가 보이지 않네.

길이
사라진 곳에서
내가 더 이상 보이지 않았네.

길 6

돌아가고 싶지 않은
혹한의 겨울 길 위에서
오로지 금빛信號燈만을 향해
疾走하는 길 위에서
한 걸음 벗어나려다
길도 잃고
사랑도 잃었네.

우리의 사랑은
길 안에서만 가능한 것인가?
길 안에 있으면
살아지는 것이고
길 밖에 있으면
살아가는 것일 텐데
우리의 사랑은
길 안에서
피를 吐하며 呻吟하고 있구나!

길 너머에
산수유, 이팝나무, 조팝나무, 아주까리
자작나무, 연꽃, 살구나무, 자운영
각자 자기만의 공간을
차지하며 하늘을 날고 있네
각기 다른 색깔의
피부로 자유로이 호흡하고 있네.

모두들 생각 없이
같은 길로 내달리듯
사랑도 그러하니
우리의 사랑을
길 밖으로 幽閉하고 싶구나!
길 밖에서도
길은 찾을 수 있는데
길 밖에도
길은 있는데
길 안에서만 폭주하는 幽靈들…

暴風雨 거세지는
曲線의 길 위에서
우리만의 사랑을
꽃망울처럼 피워내는
봄의 새벽으로
끝없이 달려가는 꿈을 꾼다.

길은
보이지 않는 虛空에서
봄의 곁가지를 쉬지 않고 내민다.

길 7

수년 동안
길을 찾아 헤매었지만
어디서도 찾을 수가 없었다.

애초부터
길이란 것이
없었던 것은 아니었을까?

어느 瞬間,
길이 아닌 곳에서
길이 보이기 시작했다.

이미 내 안에
길이 있었던 것이다
솜털보다 가벼운 원효의 발길처럼…

꽁꽁 얼어붙었던 겨울이 가고 있다.

길 8

해가 땅속 깊은 어둠을 밀어내니
봄이 길 밖으로 걸어 나온다.

빈 가지에 걸린 황금의자에
앉으려 쉼 없이 발버둥 치는 群像처럼
잿빛 하늘에 뿌리를 뻗으며
上昇만 하는 枯木 안에서는
별도 빛나지 않고 꽃도 피지 않는다.
나무 밖으로 몸을 내밀어야
잎도 열매도 꽃도 피워낼 수 있다.
나무 밖으로 나와 下降해야
大地의 깊은 속살과 입맞춤할 수 있다.

50여 년 한결같이 앞사람의
굽어진 등만 보며 걸어온 길에서
빠져나와 나를 지운다.
짙은 안개에 잘리듯 지워진다.
億劫의 세월을 앞서간 사람의

닳아진 발뒤꿈치만 쫓아온 길에서
빠져나와 나를 지운다.
눈부신 햇빛에 가리듯 지워진다.

地上 가장 낮은 곳으로 내려와
땅속 깊은 어둠 안에서
내 몸이 지워지듯 消滅해간다.
몸 구석구석에 별을 띄워내는 시간이다.
봄의 꽃들을 활짝 피워내는 시간이다.

해가 땅속 깊은 어둠을 밀어내니
겨울이 길 밖에서 멀어져 간다.

길 9

- "무엇에도 얽매이지 않은 自由"를
  갈망하는 '콘도르'는 어디에 있는가? -

四季節의
가장 낮은 궤도로 飛行하고 있는
쓸쓸한 잿빛 太陽

별 몇 개
낙엽처럼 나뒹굴고 있는
막다른 골목 어귀

얼어붙은
꿈처럼
마른 가지 꼭 붙들고 있는
창백한 산수유 열매

地上보다
낮게 앉은 지붕에
비스듬히 기대선 텅 빈 마당

안,

남쪽 하늘
향해
지난 季節을 수없이 되새김질하며
졸고 있는
한
마
리
새

길 10

故鄕 가는 길
해맑은 얼굴의 달이
날 물끄러미 보고 있다.

고단한 길가 한 귀퉁이
바람에 휩쓸려 뒹굴고 있는
나의 얼굴 위로
어머니의 눈물 같은 달빛이
포근히 내려앉는다.

永遠을 향해 손짓하던
우리들의 눈에
켜켜이 쌓인 슬픔으로 빚어낸
별들이 돋아난다.

故鄕 가는 길
어머니의 굽은 등 같은 산이
나와 함께 걸어가고 있다.

깊은 계곡 산등성이
눈비에 젖어 고개를 숙인
나의 발목을
어머니의 古木 같은 손으로
따뜻이 감싸 안는다.

가족의 사랑을 이어주던
설 떡국에
어머니의 주름진 生涯의 꿈들이
하나, 둘 박혀있다.

나는 詩人이 아니다

나는 詩人이 아니다
시인 행세를 하며 살아가니
세상과 단절된 城壁만 높이 쌓는구나!

나는 詩人이 아니다
시인 폼을 잡으니
이해할 수 없는 말만 지껄인다.

나는 詩人이 아니다
시인 행세를 하며 살아가니
세상과 단절된 城壁만 높이 쌓는구나!

나는 詩人이 아니다
나는 詩人이 아니다
세상의 빛이 되기는커녕
세상을 혼돈의 江으로 溺死시키는
나는 진정 詩人이 아니다.

言語의 폐허 위에서
거짓 王의 행세를 하고 있는
나는 진정 詩人이 아니다.

境界線에서

나는 안개와
胎生的으로 한 몸이었다.
낮도 아니고 밤도 아닌
잿빛 안개는 길가의
담장을 서서히 지워나갔고
그림자만 어른거렸다.
안개에 잘려나가는
흐릿한 나의 몸뚱이가 보였다.

산 것도 아닌
그렇다고
죽은 것도 아닌 虛空에서
境界가 사라진 공포를
마주한 새들은
나는 법을 망각하였고
제 터전을 세울 수도 없어
제자리에서
빙빙 돌기만 하였다.

"당신은 어디에 서 있는 거야?"

하늘이 희미하게
둘로 갈라지는 그곳,
大地에 뿌리를 뻗지 못하고
失語症에 걸린 나무들
형체를 조금씩 지워가며
숨죽인 울음을 토해내었다.
마비된 혀에서는
外界語가 쉴 새 없이
바람을 가르며
하늘로 뿜어져 올라갔다.

"당신은 무엇을 말하는 거야?"

荒蕪地에 뿌려진 씨앗처럼
빛을 잃은 하늘은
창백한 별들 뒤로 숨었고,
외마디 비명을 지르며
흐르지 않는 江물에
하나,
둘

몸을 던진
不姙의 처녀들 자궁 위로
회색 안개가 풀어지고 있었다.

"당신은 어디로 가는 거야?

짙은 안개는
여전히 허공을 점령한 채
물러나지 않았고
現在와 未來가
어지럽게 뒤엉킨
어스름한 새벽녘
우리 모두는
갸웃한 沈默을 내뱉으며
점점 지워지는
나무처럼 오랫동안 서있었다.

大雪

밤새 큰 눈(雪)이 내리고
地上의 길은 모두 사라졌다.

긴 시간의 旅程이 만들어 온 길을
저렇듯 일시에 사라지게 한
그 힘은 어디에서 온 것일까?

형체도 없고
힘도 없는
그 純白의 물이
거대한 인간의 歷史를 지운다.

밤새 큰 눈(雪)이 내리고
이른 새벽
나 홀로
발자국을 찍고 있다.
눈(雪)은 숨죽이며
내가 걷는
발길에 順從한다.

너의 간절한
눈물이
온통 하얀 세상에
새로운 길을 만들 것이다.

밤새도록
하염없이 길을 지웠다
또 만들고 있는 이는 누구인가?

겨울風景

요즘, 겨울은 심상치 않다
잦은 폭설에 사람들은
꼼짝도 않고 房에 틀어박힌 채
凍土에 매장된 광케이블을 유일한 通路로
타인과 알 수 없는 대화를 나누며
집집마다, 房房마다
門을 안으로 걸어 잠그고
가상현실 게임에만
몰두하는 것이 유일한 日常이다
소박한 꿈 하나씩 지치며
겨울 속으로 깊이깊이 타들어갔던
뒷동산의 썰매들은
다 어디로 사라진 것일까?
나는 누구를 붙잡고
삶과 우리의
알 수 없는 미래를 위하여
시시콜콜 풀어낼 수 있을 것인가?
닫았던 門을 열고 나와

아이처럼 뒹굴며
내리는 눈과 하나 되고 싶다
산의 굴곡을 타듯 삶을 타고 싶다
올겨울에도
그치지 않고 눈만 내리고
아무도 만날 수 없었다
마을은 고요함의 絶頂!
해독할 수 없는 신호음만
문밖으로 한숨처럼 새어 나오고
봄의 씨앗들은
폭설에 묻혀 겨우내 呻吟하고 있다

薔薇의 庭園

도처에서 뿌리 없이
돋아나는 갈색안개에 쌓여
잠실대교 위 망령처럼 늘어선 水銀燈은
정지한 시간의
한 토막 한 토막을 回想하고는
축음기의 망가진 바늘처럼
무딘 혀를 내밀고
잠든 거리의 온갖 事物과
끝없이 흐르는 江의 속살을 핥는다.

엉겨 붙은 뿌리 밑을
끝없이 파헤치는 벌레의 울음소리
누가,
또는 무엇을 말하고 있는가?
메마른 하늘에서 쏟아지는
소리 없는 천둥소리,
地上에는 값비싼 외투를 걸친 사내들이
표정 없이 門을 닫는다.

이름 모를 풀조차
흔들지 못하는 바람이
경복궁 고궁박물관을 방문하고
죽은 잠자리 떼 날고 있는 강변에
잠시 머무른 후에
누군가를 붙잡고 말을 걸어보지만
등을 돌린 사내들의
킬킬거리는 웃음소리만
空中에 흩어진다.

당신의 庭園에는 꽃이 피나요?
한 번도 꽃이 피는 것을 본 적이 없어요!
당신은 언젠가 해운대 백사장에서
저에게 약속했어요
당신의 정원에 피어 있는 빨간 장미를
보여주기로-
그때 우리는
바싹 마른 모래밭에서

먼지 묻은 장미가 피어있는 것을 보았죠!
우리 눈에 구토를 일으켰던
그 가시 없는 천연색의 장미를……

그녀에게 어떻게 설명할 수 있을까?
내가 가진 言語로
빨간 장미를
무슨 방법으로 설명이 가능할까?

그대들은 보리라
피에트로門을 향해 疾走하는
葬禮行列에 떠밀려
부딪히면 부딪힐수록
더욱 낯설어지는 그대의 동료들을
형체 없는 수없이 많은 그림자를……
책상 너머로 騷音이 난무하지만
당신의 귀에까지
도달하지 못하는 말(言)의 시체들을

한밤중
어둠 속에 풀어지는 달빛의
부드러운 속살을 핥던 수은등은

강물에 溺死한
달의 차가운 육신에
깜짝 놀라 깬다
강물은 부드러운 미소를 띠며
하나의 몸짓으로 그저 흐를 뿐이다.

차라리 그녀에게
아무것도 말하지 않을 걸 그랬다.
그랬으면
우리는 지금도 사랑하고 있을 것이다.
무엇인가 말하면서
모든 것이 낯설어졌다.
말한다는 것
말로 설명하는 것은
뒤틀린 幻想이다.
빨간 장미에 대해서나
가시 없는 장미에 대해서
도대체 무엇을 말할 수 있단 말인가?

닫힌 門들만이 보이는 거리에
회색 안개의 손가락들이
아침을 열자

날지 못하는
새의 울음소리
정적을 뒤흔든다.
말로 說明할 수 있는 것이나
말로 說明할 수 없는 것이나
먼지처럼 飛散한다.

無峰山

가난한 세월
듬성듬성 올라오는
이른 3월
무봉산 자락

고라니 두 마리
고단한 발걸음
이리저리 바쁘게 옮긴다.

봄은 오려는데
가야 할 길이 아직도 멀구나!

한 번 떠나볼까?

안개가 삼켜버린 허공을
향해 이어진 듯, 끊어진 거리를
정처 없이 흘러가는
까마귀 떼의 긴 행렬을
벗어나 다른 세상으로 가볼까?
빈 가지마다 사이보그들이
까맣게 말라버린 心臟을 드러내고
까-악 까-악 까르르-
합창하듯 울부짖는
유령의 도시를 이젠 정말 떠나볼까?
돈키호테처럼 당당하게
근엄한 듯, 한껏 뽐을 내며
나무마다 봄 햇빛이 둥지를 튼 숲으로
무딘 혀의 槍을 허리에 차고
한 걸음에 내달려볼까?
거대한 風車처럼
위압적인, 빛의 속도로 돌고 있는
깜깜한 茫茫大海를 벗어날 수 있을까?

햇빛은 딱딱한 안개 속으로 사라졌고
담쟁이덩굴처럼 왕성하게
도시의 온갖 거리를 뒤덮는
냉혹한 감시의 눈(眼)과
핏기없는 입들을 피해
언 대지 아래 반쯤 잠들어 있는
태초의 말씀이 현실로 작동하는
에덴의 王國으로 과감히 떠나가 볼까?
반쯤 잠들려는 순간
회색 안개가 발목을 잡는다.
꿈속까지 따라와 집요하게 들러붙는다.

假面의 눈

숲속의 맹수처럼 정체불명의
눈(眼)들이 거리마다 빈틈없이 숨어있고
짙은 안개 속을 바쁘게 오가며
목적지를 숨긴 빛들이 亂舞한다.
거미줄처럼 촘촘히 짜인 빛에 의해
알 수 없는 이유로 표적이 된
나를 노려보며 뼛속까지
집요하게 달라붙는다.
어느새 나의 房에까지 숨어들어와
봉인된 기억을 난도질하고
나의 존재를 순식간에 delete한다.
정지된 시간의
어두운 껍질 안까지 쫓아와서
죽음에 이를 때까지 육즙을 핥아대고
몸에서 빠져나간 피는 안개에
포섭되어 미세먼지처럼 둥둥 떠다닌다.
양파껍질보다 두터워
밀어내고 밀쳐내도 다가서는

탄탄한 안개의 壁 사이로
재빠른 독거미처럼
시시각각 엄습해오는 눈(眼)과
떼 지어 疾走하는 하이에나의 울음소리,
나의 방에서조차 나의 목소리는
들리지 않았다.
인간이 빚어낸 빛들만이
안개군단의 호위를 받으며
점령군처럼 거리를 활보하고 있다.

에덴동산으로 가고 싶다

풀과 꽃, 나무와 한 몸이었던
에덴동산에서 너무 멀리 와버렸다.
뿌리를 잃어버린 나무와
꽃이 피지 않는 庭園을
바라보며 슬픈 눈으로 飛行하던
콘도르는 자취를 감추었고
깡마른 인간들만 짚단처럼 홀로 서있다.

햇빛과 달빛이 차단된
비좁은 房안에 틀어박힌 우리는
입술 없는 여인이 誘惑하는 화면에
충혈된 시선을 고정하고
자기들만의 언어로 짖어댄다
목 잘린 새들이 방안 가득 날고 있다.

꽃과 별이 사라진 光化門廣場,
人工心臟을 단 사내들이
군데군데 무리를 이루고
자신들만의 국가와 이념을 내세우며
알아듣지 못하는 高聲을 질러댄다
광장엔 바람조차 흔들리지 않는다.

인간이 만들어낸 假想의
세계에 탐닉할수록
에덴과 영영 멀어졌던 건 아니었을까?
풀과 꽃, 나무와 한 몸이었던
에덴동산으로
나, 돌아가고 싶다.
따뜻한 말(言)이 살아있는 에덴으로

짧은 봄

산 중턱 진달래 붉은 울음이 걸리고
매화나무에 하얀 달이 수줍게 앉는다.

해는 겨울의 끝자락을 끝내
놓지 못하고 자꾸 뒷걸음질 친다.

어둠의 터널 힘겹게 지나온
세월의 두께를 품고 일어서는 꽃들!

이제 막 봄이 왔는데
꽃들은 벌써 세상을 뜨는구나!

짧은 웃음 한 번 짓고는
저리도 바쁘게 가야만 하는가?

되돌아보니 온 길은 아득한데
갈 길은 너무나도 짧구나!

비가 그쳤습니다

비가 그쳤습니다
길이 새롭습니다.

밤새 울다 그쳤습니다
그대에게로 가는 길이 보입니다.

밤이 그쳤습니다
눈부신 사랑이 일어섭니다.

봄꽃이 지고 있습니다
새로운 하늘이 내려앉습니다.

진달래

영하의 바람에 맞서
길고 추웠던 夜間飛行을 마치고
짧은 휴식을 즐기는 새들,
스틱스江을 비추는
붉은빛의 燈臺 위에 앉아
黃道帶를 쉬지 않고 쫓는다.

꽃을 피울 수 없다는
불안함이 발뒤꿈치까지
쫓아온 컴컴한 房안에도
희미한 한줄기 빛이 솟아오른다.

겨울은 쉬 물러서지 않고
고개 숙인 女人의
가녀린 발목을 오래도록 붙잡았으나
황량한 산자락 여기저기
저만치 거리에서
연분홍의 빛들 하나, 둘씩 켜졌다.

음습한 房을 빠져나와
올 4월에도 하늘의 門을 활짝 열었다.

벚꽃구경

아내와 쌍계사로 벚꽃구경을 갔다.
흩날리는 꽃의 잔해처럼
줄지어 늘어선 관광버스 안에서
時間은 소리 없이 죽어가고
화려한 儀仗隊처럼 도로가에
일렬로 도열해있는 벚꽃엔
벌 한 마리 날아들지 않았다.
꽃망울 터지는 순간
어머니의 미소와
아이의 웃음소리
수천 마리 파리 떼의 윙윙대는
날갯짓에 묻히고
벚꽃보다 많은 사람들 손에는
술잔 하나씩 들려졌다.
먼저 떠나는 꽃잎들 사이로
우리들의 주검도 실려 가고 있다.
파김치 되어
돌아온 늦은 밤

無峰山 진달래는 한가로운
웃음으로 손짓하고
벌들은 꽃잎을 누비며
꿈을 따느라 여념이 없다.
아내에게 내년에는
無峰山으로 진달래 보러 가자 했다.
꽃 속에서 사람들 보지 말고
꽃 속에서 우리를 보러 가자 했다.

自畫像

외부와의 통신이 두절된
겨울의 城에 갇혀 지내며
여기저기 기웃거렸을 뿐
밖으로 향하는
어떤 길도 선택하지 못했네.

익어가는 時間 속에서
나의 견고한 城을
무너뜨리지 않으려 애쓰며
바람처럼 날아드는 말들을 외면한 채
고립된 길만을 선택하였네.

나무는 제 몸 깊숙이
꽃을 가두어놓고
微風이 불 때면 흐느껴 울었네
나의 봄은 너무나 오랫동안
겨울에 봉인되어
꽃을 피워내지 못했네.

우물쭈물하다 내 이럴 줄 알았지!

죽음의 그림자
햇빛을 뚫고 올라오는 시간
겹겹의 城을 빠져나와
봄꽃의 길을 따라
이제는 나도
나의 꽃을 한번 피워내고 싶네.

自畵像 2

봄꽃들은
서로 다투지 않고
자연의 리듬에 照應하여
자신만의 꽃을
흔들림 없이 피워낸다.

사람들은
자신만의 꽃을
피워내지 못하면서
앞다투어
자신을 내세운다.

한차례
봄바람 불고 지나자
無峰山 벚꽃은
아직도 자태를 뽐내는데
아파트 벚꽃은
쉬 자리를 내주고 길을 떠난다.

나도
그리 살아온 것은 아닐까?

소쩍새

밤새
소쩍새 울고 있다
비에 젖은 빛바랜
日記帳에서 낱말들 지워지고 있다.

밤새
소쩍새 울고 있다
겨울을 힘겹게 脫稿한 봄꽃들
손에 쥔 햇빛 허망하게 놓아 보낸다.

밤새
소쩍새 지치도록 운다
인공지능의 냉혹한 눈들
발아래 산허리 길을 무참히 허물고 있다.

밤새
소쩍새 울다 지쳤다
산을 넘어간 메아리
어둠을 삼킨 채 돌아오지 않는다.

새벽
소쩍새 울다 그치고,
햇빛을 監禁한
잿빛 하늘 속으로 무심히 날아간다.

길에서 길을 놓치다

길을 걷다가

등에 떠밀려 길을 놓쳤다

沙漠을 유랑하는 별들

칠흑 같은 밤에 익사하고 있다

길을 걷다가

앞만 쫓으며 길을 놓쳤다

꽃을 孕胎하지 못한 나무들

메마른 하늘과 交接하는 꿈을 꾼다

길을 걷다가

등에 떠밀려 길을 놓쳤다

어제의 길과 같은 길이

발이 부르트도록 달려오고 달려간다

길을 걷다가 길을 놓쳤다

길이 흔들리고 집이 무너져 내린다

여러 갈래의 길

어디에도

더 이상 나의 길은 보이지 않는다

나무人形

내가 선택하지 못하니
길이 나를 선택하였다.
구겨진 日記帳처럼
너덜너덜해진 길 위에서
아득한 거리를 왔는데
겨울은 껌딱지처럼 들러붙어 있고
아득한 거리를 가야 하는데
아직 봄은 저 멀리 있네.

매년 같은 자리에서
꽃을 피워내는 나무는
그래도 얼마나 행복한 존재인가?

맨발로 피를 쏟으며 걸어온
자갈밭의 길 위에서
늘 꽃을 피우지 못했던 나는
질척거리는 길을 떠밀려온 나는
微風에 흔들리며
심장이 실타래처럼 풀렸다.

죽음은
길의 절벽을
마주하는 것이 아닌,
선택하지 못한 길을
잿빛 太陽의 지루한 行路를 쫓아
조종되는 나무人形처럼
쓸쓸히 걸어가는 것이다.

나무처럼 사는 法

나무는
겨울이 오기 전
쇠락한 모습으로
5월의 가장 화려했던 榮光을
주저 없이 벗어던진다
忍苦의 세월로 응축한 씨앗들을
地上으로 내려놓으며
1년 내내 뜨거웠던
열정과 마지막 절정의 순간을
나이테에 깊이깊이 쌓아올린다.

겨울이 되면
나무는,
灼熱하는 여름
햇빛으로 키워온 몸집을
온 힘을 다해 남김없이 비워낸다
오래오래
살아갈 수 있는 힘이다.

나에게도
긴 겨울이 오고 있다
평생 간직했던
모든 것을 내려놓고
맑고 단단해진 빛의 두께로
견뎌내야 할 시간이 오고 있다.
산다는 것은
온몸으로 투명하게 비워내는 일이다.

우리는 모두 풀꽃이다!

한 사내가 庭園 구석에 난 풀꽃을
잡초라 여긴 듯 마구 뽑아댄다.

어느 것이 잡초이고
어느 것이 꽃이란 말인가
하늘에 색깔과 빛의 냄새 서로 다른
무수히 많은 별들이 빛나듯
자신만의 宇宙를 짓고 있는 풀꽃!
무엇이 잡초이고
무엇이 꽃이란 말인가

스스로 몸을 낮춰 풀꽃을 보아라!
그대의 눈높이에서는 보이지 않던
灼熱하는 태양의 열기에도
꿋꿋이 바람을 흔드는 香氣를
매 순간 뿜어내고 있는 풀꽃을 보리라!

우리는 모두 서로 다른 풀꽃이다
땅에 납작 엎드려 살고 있다고
나무의 꽃처럼 화려하지 않다고
무참히 짓밟고 뽑아서야 되겠는가?

나무의 꽃이 어두운 하늘을 비추듯
풀꽃은 발밑 땅의 어둠을 걷어낸다.

우리 모두는
각자의 生을 서럽도록 살아내며
빛나는 서로 다른 풀꽃이다.

바다에 이르러

꿈결인 듯
나비의 살랑대는 길을
한낮의 午睡처럼
비워놓고 걷기도 하였습니다.

폭풍우 치면
술잔에 흔들리는 길을
不眠의 밤처럼
세워두고 걷기도 하였습니다.

風景이 바뀔 때는
파도에 요동치는 길을
국경의 哨兵처럼
앞세우고 쫓기도 하였습니다.

時間은 모든 길을 껴안아줍니다.

침묵의 바다에 이르러
이제야,
모든 길을 내려놓고
밤하늘의 별처럼 웃어봅니다.

아카시아

열린 門의
낮은 담장 위
초승달
낡은 우체통처럼 서있는
5월 밤이면
아카시아 향기
바람의 건반(鍵盤)을 몰아치며
밤하늘을 물들였다.

어머니 맨발로
평생 밟고 밟았던
허리 굽어진 고갯길엔
핏빛에 물들어
한동안 꽃이 피지 않았고

그 길을 따라

오래전
집을 떠나신 어머니
꽃향기에 눈이
멀어
길을 제대로
찾아오실 수 있으려나?

꽃향기에 흠뻑 醉한 길을
붙잡고, 달은
한참을
숨죽여 울었다.

5월의 薔薇

길이 길에게 물었다
왜 걸어가는 거니?
地上의 길이 끝나는 곳에서
새로운 길을 걸어가려고

꽃이 꽃에게 물었다
왜 꽃을 피우는 거니?
겨울이 끝나는 곳에서
天國의 세상을 보여주려고

오랜 시간
충혈된 눈으로
하늘의 냄새를 쫓았다
無峰山 자락
5월의 薔薇,
폐부 깊숙이 돋는
가시와 줄기마다
겨우내 가래처럼 쌓인 멍울

눈물로 털어내며
하늘을 온전히 품어 안은
겹겹의 길들을
서럽도록 붉게 피우고 있다.

길 끝에서 하늘이
소낙비처럼 퍼붓고 있다.

민들레 홀씨

한 차례 狂風이 불었다.
生死를 건 곡예사 칼끝 춤을 춘다.
얼음 같은 허공으로 몸을 던진다.
대부분의 씨앗들은
바람의 행로에 굴복하고
혼탁한 江물에 휩쓸려가기도
가시덤불 엉겨 붙은 荒蕪地나
숲처럼 무성해져만 가는 보도블록에
수많은 무덤을 쌓아 올렸다.
가끔은 휘몰아치는
바람의 등에 올라타 날며
힘겨운 대지와의 입맞춤으로
이듬해 봄 무지개 꽃을 피웠다.
봄마다 하늘은 새 길을 열어주었다.
바람이 두렵고 무서워
죽음을 각오한 길을 나서지 못하고
날개를 접었던 봄꽃들은
제자리에서

신음하며 서서히 말라갔다.
거대한 深淵 너머
사막 같은 밤들이, 끝내
똬리를 틀고 기다릴지라도
희극의 帳幕이 산산이 찢겨질지라도
바람이 잠들어 있는 순간
고독한 飛行을 결단하여야 한다.
백척간두의 줄 위에서
최후인 양 칼춤을 추어야 한다.

소낙비

한밤중 소낙비 쏟아졌다.
未知의 어둠을 향해
窓門은 울부짖으며 포효하였다.

밤이면 비틀거리는 文章들
사이, 日記帳의 여백마다
빈 술병들 나뒹굴고
허기진 창자에는
부유물처럼
알 수 없는 미래가 흘러 다녔다.

밤새 거센 소낙비를 받아낸
풀꽃들의 허리,
날개 흠뻑 젖은 새와 나무들
햇살 하나씩
툭, 툭 뱉어내고 있다.

어둠의 죽지에서 일어서는 빛!
가라앉는 內臟의 통증

흐르는 江

시퍼런 하늘
샘에 끌어다 감추어놓고
뒤엉킨 물, 앞다투어
永遠의 해변에서 소멸해가는
파도의 순수한 열망처럼
투명한 빛으로
비상하는 봄의 풀씨처럼
하얀 발자국을 찍으며
팔딱 팔딱 튀어 올라 내달린다.

빛나는 正午의 길섶에서
헛된 사랑과
검은 욕망의 도시를 향해
물은 물을
조급하게 밀어내고
소용돌이치며
뒷골목 쓸쓸한 바람으로 흘렀고
매미 울음소리만
쩌렁쩌렁 타들어갔다.

마른 옹이 거북등처럼 앉은
어깨를 나란히
세운 물은
凋落의 하늘, 해거름 저녁 서걱이는
바람을 끌어안고
지나온 물결의 傷痕과
아스라이 멀어지는 여인의
뒷모습을, 江가에
철썩철썩 뿌려놓는다.

인간의 탐욕이 마지막 숨을
헐떡이는 포구,
물의 속살까지 어둠이 끌고 간
겨울江의 언덕을 지나며
낡은 외투를 벗듯
이제야 물은
물을 놓아 보낸다.
胎室 같은 바다에 이르러
품었던 하늘을 흘려보낸다.

그간 얼마나 아팠을까?
잡히지 않는 물을
꽉 붙들고 흘러왔던 손은
놋쇠 같은 시간,
구름 뒤의 하늘에 집착했던 마음은

江은 별을 등에 지고 흘렀고
흩어지는 구름을 따라
보조를 맞추며 걷고 있다.

루빈과의 산책

늦은 밤이면
아홉 살의 말티즈 루빈이와
별과 꽃향기를 밟는다.

달과 별과 地上의
온갖 낌새를 재빨리 알아채는
녀석의 꼬리는 언제나
하늘에 닿아 춤추고 있다.

반세기 이상의 삶에도
별빛과 풀빛 냄새조차
맡지 못하고
비틀거리는 어둠을 껴안고 있다.

밤의 언덕을 다녀올 때면
녀석의 눈엔 수많은 별들이 떴고
나의 눈엔 바람만 흘러내렸다.

57세의 어느 여름에

꽃이 피고 계절이 바뀌면
하나의 宇宙가
나무마다 오롯이 피어난다.

폭풍우 치던 밤들
따스했던 한낮의 오후와
앞만 보고 달리며 맺은 因緣들,
수많은 계절이 오고 갔는데
내가 地上에 내려놓은
열매들은 무엇이었을까?

모래시계처럼 손가락
사이를 빠져나가는
갈매빛 여름의 고단한 혼적들

50만 년 동안 쉬지 않고
달려온 별빛은
위안의 눈길 곳곳에 뿌리며 가고
오늘도 계절은
땀 뻘뻘 쏟으며
제 길을 묵묵히 가고 있는데

거세지는 장맛비에
홀로 선 나무, 보이지 않는구나!

달팽이

한차례 시원스레 쏟아지던
비 그친 늦은 여름밤,
산책하다 발밑에서 들려온
宇宙의 외마디 悲鳴!

연약한 껍질 위에
어둠 가득 올려놓고
느릿느릿 한세상 건너가다
짧은 生을 마감한 달팽이

내가 무슨 짓을 저지른 거야?

어깨에 앉은 먼지 무거워
달빛만 바라보다
별빛만 찾으려다
저지른 씻을 수 없는 만행!
不義의 폭력에 밟히는
이 땅의 수많은 풀꽃들…

내가 딛고서야 할 땅에
쓸어갈 듯 쏟아지는
소낙비 맞으며
밤새도록 젖은 땅을 巡禮하였다.

불면의 밤들

침대까지 올라온 축축한 오후를
껴안고 잠이 들려는 순간,
忘却의 강에 깊이 가라앉았던
지난날의 아픈 기억과
너울성 파도처럼 밀려드는
낯선 미래의 파편들
머릿속을 비집고 들어온다.
어둠을 저만치 밀어내며
이 순간의 아름다운 꽃들을
무참히 꺾는 어지러운
빛들이 광란의 춤을 춘다.
끊어진 길 위로 이어지던
희미한 나의 발자국
바닷물에 휩쓸려 떠내려가고
밤을 밀어내는 파도가 끌고 온
과거와 미래의 부유물들
상처를 내며 四肢를 마비시킨다.

나는 언제쯤 수면제 없이
온전한 現在의 잠을 잘 수 있을까?
밤마다 평온한 죽음의 나라로
건너갈 수 있을까?

침대 머리맡엔
썰물을 미처 따라가지 못한
창백한 밤들이
戰場의 시체처럼 쌓여있다.

루카와의 이별

우리 집 시추종인 루카가
며칠 전부터 나를 떠나려는지
눈을 마주치지 않고
창밖 먼 山만 바라본다.

십칠 년 동안 오직 나만을
바라보던 녀석이었는데
이제는 無峰山에만
눈길을 열어놓고 있는 것이다.

얼마나 많은 추억을 뒷다리에
켜켜이 쌓아놨는지
가장 좋아했던 산책길에서
푹푹 쓰러져 풀보다 빨리 눕는다.

삶의 기쁨이었던 루카야!
무지개나라에 가거든
한 사람만 사랑하지 말고
구름이 되어 하늘을
맘껏 뛰어다녔으면 좋겠구나!

루카의 눈에 종일 비가 흘렀다.

삶의 길목에서

다나스가 노대바람을 몰고 오자
별들은 빛을 재빨리 거두었고
집들은 지붕을 낮게 유지했다.
시간이 갈수록 거세지던 바람은
수시로 예측할 수 없는
방향으로 심술부리듯 바뀌었고
內臟이 터져 뒤집혀진 길에는
뿌리 반쯤 뽑혀 누운 나무들
비를 맞으며 힘겹게 버텼다.
TV에서는 또 다른 태풍 한두 개
먼 해상에서 북상 중이라는
긴급 속보 연이어 흘러나오고
모두들 최후의 날이라도 온 듯
천둥소리와 폭풍우에 휘감겨
무겁게 가라앉는 검붉은 하늘 보며
비에 젖은 새처럼 날개를 접고
방바닥에 납작 엎드린 채
기도문 같은 것을 간절히 읊조렸다.

그렇게 숨죽였던 밤이 지나갔다.

7월 중순이 되어서야 피어난
덜꿩나무 하얀 꽃들
아무 일 없다는 듯
담벼락 한 귀퉁이에서
무너진 하늘 일으켜 세우고 있다.

사라지는 風景

8월 5일 11시 30분,
내 가슴에 사지를 늘어뜨리고는
어디로 가는지 알지 모른 채
뜨거운 햇빛에 타들어가는 풍경을
놓치지 않으려 안간힘 쓰던
16년 7개월의 天使 루카는
수술실에서 심장정지주사 두 번을
맞고서야 간신히 끌어안고 있던
풍경들을 내려놓을 수 있었다.
생애 동안 줄곧 품었던 풍경에서
서서히 사라져가는 것보다
함께했던 이들과의 풍경을
가져가지 못하는 안타까움에
두 눈을 감지 못했던 것일까?
선납재에서 無峰山으로 올라가는
기슭에 안식처를 마련해주고
땀 뻘뻘 흘리며 내려오던 길

4월에 날개를 한 번 폈다 접고는
8월이 되어 선명한 빛깔로 다시
피어나는 황매화꽃을 배경으로
언제나 숨 헐떡이며 따라오던
루카의 풍경은 기억의 구름꽃으로
가벼이 훨훨 날아가고 있다.
수없이 짧은 生을 보내고 새로 피는
유난히 붉은 배롱나무꽃처럼
루카의 삶도 그러하길 빌어본다.
빗방울 발밑에서 소리 없이 구른다.

루빈과의 산책 2

루빈이 산책을 하며
예전에 없이
가다가다 멈추고는
자꾸 뒤를 돌아보고 앉는다.

늘 뒤뚱뒤뚱 늦게 따라오던
루카의 모습이
보이지 않는 것이
딴에는 이상한 모양이다.

앞만 보고 걸어
뒤돌아볼 겨를이 없었던
루빈이가 돌아앉는
모습을 보고

나도 따라서
뒤를 따라오는 風景 속에
혹여,
나도 없는지 돌아다본다.

사라지고 나서야
그냥 스쳐 지났던 風景들이
새록새록 눈에 감겨온다.

배롱나무꽃

막바지 여름 저녁
태양은 붉디붉은 울음을
온 하늘에 쏟아내었다.

선남재 길을 따라
줄지어 선 배롱나무는
열정으로 숨 막혔던 여름의
뒷모습을 보내지 않으려
百日의 시간 동안
아침에 피었다
저녁이 되면
선홍빛 붉은 하루를 떨어뜨리고
색바람이 더해지는
다음날엔
해맑은 아침을 세웠다.

막바지 여름 아침
풀벌레 소리
하늘을 더욱 높이 밀어 올린다.

매일 因緣을 떠나보내는
아픔을 견딜 수 있는 힘은
그렇게 또 다른
因緣이 오기 때문은 아닐까?

배롱나무꽃 2

계절이 여러 번
바뀌는 동안
한쪽 구석에 볼품없이
자리하고 있어 알지 못했다.

여름이 끝나갈 무렵에야
석양을 밀어내며
하늘에 선분홍의 생채기를
내고 있는 그 나무를

나는 인연을 맺었던
누군가의 마음에
어떤 波紋을 일으켰을까?

가을밤

술에 만취한 길이
비틀거리며
가을의 모서리를 걸어갑니다.

나무마다 노을 내려앉고
어느새 차가워진 바람은
凍土의 계절을 몰고 달려옵니다.

아직 술이
깨지 않아 몽롱한데
폭설에 길이 묻힐까 걱정입니다.

黃道帶를 벗어난 해는
가을밤마다
나의 꿈속을 헤매고 있습니다.

루빈과의 산책 3

늦은 밤,
루빈이와 無峰山에 올랐다.

나는 술에 취했고
루빈이는 먼 山 풍경에 취했다.

나는 아직 버리지 못했고
루빈이는 처음부터 갖지 않았다.

밤에는 별빛만이 투명해지고
사람도, 꽃도, 나무도
점과 선의
희미한 形象으로만 존재한다.

아침이 되어서야
너와 나를 구분하는 것이 아니겠는가?
밤이 되니
빛은 살아나고
우리의 거짓들이 감춰지는 것이다.

루빈이는 낮이나 밤이나
눈동자 맑은 부처였다.

因緣

요즘처럼
찬 바람 부는 가을이 오면,

명지바람 내려앉은 후암동
뒷골목 선술집에서
파도에 쓸려가는 모래城 위에
20代 청춘의 열정과 아픔을 나누며
빈 술잔을 채워주던 소중한 벗과

침묵의 칼날 번뜩이는
荒野의 사무실에서
바람에 날려가는 서류더미 위에
假想의 바벨탑을 하늘 끝까지 쌓으며
지친 어깨를 내어주던 동료가

서럽도록 보고픈 것은
폐부 깊이 시리게 아픈 꽃가람이
멈추지 않고 흐르고 있는 까닭이다.

野生의 숲으로 돌아와
추억과 위안을 실어 오는 바람과
길가의 이름 모를 풀꽃,
우리 모두를 비춰주던 무수한 별이

서럽도록 애잔한 것은
아직도 함께 걸어가야 할 旅程이
멈추지 않고 이어지는 까닭이다.

失踪, 그 後

언제나 함께 했던 햇살이
갑작스레 실종됐어요.

서걱이는 바람 잠깐잠깐
머물다가는 대숲에서도
섬말나리 층층 피어오르는 하늘에서도
굽은 등 이끌고 굽이굽이
천리 길 달려온 江물에서도
늘 함께했던 햇살이 실종됐어요.

고단한 시간 얼기설기 엮은
꽃상여를 저만치 세워놓고
슬픔으로 포장된 파편화된 기억의
술잔을 부딪치며 모두들
누런 이빨 드러낸 채 웃고 있어요!
개똥밭에 굴러도 이승이 낫다고?

- 잘 간겨, 그럼! 자알 갔지!
　모진 비바람만 불어대는 이승에서-

밖에서 슬피 우는 소리
이따금씩 꿈결인 듯 들려왔지만,
낮과 밤을 구분할 수 없는
바람 한 점 없는 이곳에
전에 본 적 없는 새론 햇살들
자갈자갈 누워있어요.
익숙했던 풍경 뒤로 밀어내며
눈새기꽃 닻별처럼 피어났어요.

멈추지 않는 바람

바람이 칼춤을 춘다
길의 모든 것을 단숨에 뒤엎는다
길을 떠난 마른 꽃잎들
바람에 포획된 채 내장의
부유물까지 토해내고
불모지에 수직으로 落下한다
不安은, 길 위에
시나브로 최후의 숨통을
조여 오는 미쳐 도는 바람이다
휩쓸려가는 길에서 불쑥불쑥
들려오는 葬送曲이다
바람이 가까스로 칼춤을 멈추어도
길 위에 있던 길은
이미 자취를 감추고
바람에 갇힌 풀꽃들의 아우성소리
찢어진 하늘 구석에 가 박힌다

출처를 알 수 없는 바람은
조금의 빈틈도 없이
출구 없는 꿈속까지 헤집고 들어온다
조각조각 풀어헤쳐진 하늘
바람에 쓸려가는 날들 이어졌고
거센 바람 멎은 적 없는
소용돌이의 中心에서
가위눌린 꿈에 신음하며
가고 싶었던 길에 서있지 못했다

저무는 時代

한 時代가 저물고 있다.
헐거워진 몸뚱이의
찌든 혈관에 남은 기억마저 내려놓으며
무거운 발걸음 질질 끌고
한 時代가 그렇게 저물어가고 있다.

손톱만큼의 황금으로 겨우
延命해오던 길에는
숱하게 맺은 因緣들 모두 사라지고
곱다란 슬픈 별빛을 품은
풀꽃들만 이리저리 흔들렸다.

풀벌레 소리 들리지 않는
이슥한 밤,
휘영청 밝은 보름달 떠올랐건만
보이지 않는 가시밭길
어두운 숲속으로 이어지고 있다.

바람의 방향이 바뀌고
별들도 달빛 뒤로 몸을 숨긴
이른 새벽,
저무는 時代를 뒤로하고
나는 또 어디를 향해 갈 것인가?

대추

아직 지난 계절 놓지 못한
시퍼런 하늘에 얼핏 숨어 있는,

짧은 생애를 살다간
봄꽃의 그리움과
灼熱하는 여름 햇빛
얼음 같은 속살이 키워낸

달디 단
붉은 가을
몇 개 따먹었습니다.

계절마다 아픔으로 빚어낸
사무친 그리움
몇 개 더 따먹습니다.

이제는
도둑눈(雪)에 묻혀
사라진 길도
건너갈 수 있을 듯합니다.

山으로 가고 싶다

솜털구름 같은 개쉬땅나무 꽃잎에
내려앉은 한 줌 햇살 속에서
초췌한 가을 비틀비틀 걸어 나온다.

어디선가 손돌바람 불어오고
나무와 사람, 집들이 흔들린다.
가을도 따라 흔들린다.

山은 말없이 묵묵하게 서있다.
뜨거운 여름 햇살에 화상을 입어
핏멍 붉게 든 속살을
파란 하늘로 뿜어내며
꿈쩍도 하지 않고 거기 서있다.

흔들리는 도시의 불빛을 뒤로하고
한결같은 별빛들
옹기종기 모여 수런대는
저 沈默의 山으로
나, 이제 돌아가고 싶다.

바람에 흔들리며
바람에 떠밀리며
홀로 걸어야만 하는
도시의 슬픈 가을 길을 벗어나
저 不動의 山으로
나, 이제 돌아가고 싶다.

가을丹楓

먼 길 오느라 힘들었나 보다.
가지마다 발그레한 얼굴로
그 간의 고달팠던 旅程 내려놓는다.

먼 길 가려면
얼마나
또, 힘이 들까?

가지마다 꽉 붙들고 있던
붉은 실핏줄 돋아난 손을 놓는다.

걸어온 길

I

F. 카프카, T.S 엘리엇을 읽으며
쓰레기통에 버려도 하등
이상할 것 없는 수많은 詩를
昏迷한 손으로 끄적거리다
밤이면 萬頃江 지나는 바람소리에
홀려 길을 나서곤 했다.

목적지 없는 길들은
짧은 봄꽃처럼
향기를 잃은 채 쓰러져갔고
수시로 일어났던 길들도
江물따라 속절없이
흘러가버린 날들이 이어졌다.

구름 쫓아 시간이 흐르면서
안개를 벗어난 길들이 투명해지자

비좁은 都市의 울타리를 벗어나
별조차 보이지 않는
幽靈의 도시에 몸을 맡겼다.

안암동 뒷골목에 터를 잡고
폼 나게 담뱃대 늘 입에 물고는
哲學과 詩에 대해 지껄였지만
어떤 思想의 얕은 물에도 닿지 못하고
연못 속의 뿌옇게 흔들리는 빛으로
날아드는 하루살이처럼
허망한 날갯짓만 퍼덕거렸다.

II

여름은 눈부시게 타올랐지만
가고 싶었던 길을
忘却의 江에 멀리 던져두고
한 푼의 좁쌀밥을 얻기 위하여
출구가 보이지 않는 터널을
30년 동안 앞만 보고 걷고 또 걸었다.

소나기와 먹구름에 잠긴 길에는

한동안 별이 뜨지 않았고
꽃도 피어나지 않았다.
물에 흠뻑 젖은 색종이의 바벨塔을
더 높이 쌓기 위하여
밤의 들쥐처럼 코를 씰룩이며
젊은 날의 꿈을 荒蕪地에 버려두었다.

허름한 詩集의 다 읽지 못한
페이지들이 마지막 숨을 헐떡이며
漁販場에서 죽어갈 때
어둠에 깊이 잠긴 港口를 향해
몇 년에 한 번씩 발길질을 해댔지만
파도에 떠밀려온 浮游物만
가득 올라와 쌓여갈 뿐이었다.

밤낮으로 뛰어온 계절이
끝나갈 무렵, 나에게 남은 것은
텅 빈 저녁 위로해 줄
술 한 잔 기울일 친구도 없이
하늘 한구석에 홀로 부는
뒷모습 쓸쓸한 바람 한 자락이었다.

Ⅲ

봄, 여름 지나며 욕망 하나씩
피워내던 꽃들은 붉은 울음 우는데
지난 계절 꽃을 피우지 못한 쑥부쟁이
인내를 삼키며 자줏빛 심장으로
하늘 한 조각 흔들고 있는데
나는 이 가을 어디에서 서성이는 것인가?

지난 시절 무모함의 時間 속으로
내가 걸었던 길들은 용해되었지만,
가을 어디쯤엔가에서는
길을 볼 수 있을 줄 알았는데
길이 보이지 않아
길을 볼 수 없어
한낮의 간들바람에도 휘청거렸다.

大地 꽁꽁 얼어붙은 겨울에도
하늘에서는 변함없이 꽃은 피어나나니
100만 년 달려와도 지치지 않는
풀꽃들이 지천으로 피어나나니
그 어떤 길에서도 꽃은 피어나나니

보이지도 않는 길을 찾으려
겨울나무에 눈물 달아주지 않기로 했다.

빛이 들지 않아 한적한 길가의
이름 없는 풀꽃이 되어
단춧구멍만큼 보이는 겨울 하늘이라도
살짝 흔들어 깨우고 싶다.

미쳐 돌아가는 세상 I

하나님이 만드시려는 세상은
어떤 세상입니까?

그 세상을 이해할 수 없습니다.

따뜻한 生命의 봄입니까?
소용돌이치는 混亂의 여름입니까?
땀의 결실을 맺는 가을입니까?
죽음을 향해 질주하는 혹한의 겨울입니까?

아니면,
그저 흘러가는 세상입니까?
하나님의 그 편한 세상을 살다 보니
다리가 붉게 저려옵니다.

曺國이 없는 세상을
다들 잘도 살아갑니다.
이놈의 세상이 미쳐 돌아갑니다.

熱病을 쏟아내며
하나님 나라를 욕보이는 者들과의
死鬪로 얻은 상처뿐인 榮光
내려놓는 순간에
속은 더욱 아려옵니다.

미쳐 돌아가는 세상 2

치열했던 지난 계절 지나며
전리품으로 얻은 붉은 勳章 내려놓고
땅으로 回歸할 시간에
철쭉꽃 하나, 슬픈 얼굴 내밀고 있다.

사랑과 진리의 하나님 나라를
이 어두운 땅에 세워야 할 목회자들
분열과 증오의 씨앗 앞장서 퍼뜨리며
우후죽순 惡魔의 얼굴 내밀고 있다.

바람에 꺾여 쓰러져만 가는
풀꽃들의 고단한 허리를 일으켜
세워야 할 여의도의 양아치들
여기저기 '이아고'의 얼굴 내밀고 있다.

자신의 삶이 어디로 가는지 모르면서
殺氣 가득한 검은 깃발만 쫓아
공감할 수 없는 高聲 질러대며 흘러가는
썩은 잡초들 죽음의 얼굴 내밀고 있다.

不義한 서초동과 쓰레기 같은 기레기들
썩은 냄새 진동하는 廢墟의 城을 지키려
망나니 광란의 칼춤을 추고 있다.

수십억 년 만에 해방된 남극과 북극의
氷河, 이곳저곳 떠돌다가
미쳐 돌아가는 人間世上 바라보며
함께 미쳐 도는 태풍으로 죽어가고 있다.

풀꽃이 天國이다

아득한 그리움의 하늘에 핀 꽃보다
지상의 풀꽃에서 天國을 본다.

백만 년 달려온 빛 오롯이 앉은
풀꽃의 새벽 눈물에서 自由를 본다.

부처꽃, 비비추, 큰낭아초, 구절초,
왕고들빼기, 달맞이꽃, 쑥부쟁이
제각각 한곳에 뿌리내리고
도처에 투명한 햇살 가득 내어준다.

하늘은 抽象으로 멀어지는데
풀꽃은 발밑 세상 어둠을 깨운다.

유목민의 DNA 습성인가?
남의 자리를 탐하며
慾望의 하수구로 끝없이 악취 배설하는
허수아비 人間들, 몰려다니며
도시 뒷골목으로 그저 흘러갈 뿐이다.

풀꽃의 香氣는 그런 그대를 향해 있다.

그윽한 자태로 돌아앉은
저 풀꽃들, 밤마다
그대의 지친 어깨 다독이며
자신만의 세상으로 돌아오는 길이 된다.
숨죽여 天國의 門 열어주고 있다.

늙어간다는 것은

나이 들수록
눈에 보이지 않던 風景들
하나씩 눈에 들어오네.

늘 걷는 한적한 길가에
패랭이꽃, 각시원추리, 죽단화
해맑은 미소 짓고 있었는데
한 번이라도 눈길 준 적 있었던가?

늙어간다는 것은
서러운 사랑 알게 되는 것이다.

치열했던 광기의 여름
길만 찾으려
길섶의 사랑은 보지 못했구나!

바라보지도 않고
사랑을 주지 않았어도
늘 나를 바라보던
그 설운 사랑을 이제야 보는구나!

늙어간다는 것은
그 눈길
지그시 알아채는 것이다.

이젠, 나도

지금까지 걸어온 길
포근한 햇살로
포장된 길고 긴 어둠이었네.

척박한 無峰山 자락
무심히도 하늘 흔들어대는
山菊, 개망초, 개여뀌, 사데풀
天國의 門 열어젖히자

붉은 노을 떨어뜨리며
서둘러 낙하하는
짧은 生의 잎새들
풀꽃들의 永遠 속으로 들어가네.

이젠, 나도

거울이 몰려오기 전
긴 세월 어둠에 갇혔던 햇살들
풀꽃들의 얼굴 위에
한가득 풀어놓고 싶네.

落下

올해도 단풍이 참 곱다.

자세히 들여다보니
거칠었던 계절과
비바람 머물다간 흔적들
붉은 노을처럼 빛나고 있다.

너도 나처럼 상처투성이구나!

찬바람 불어오니
잡았던 손 하나씩 놓는다.
세월이 흐른다는 것,
함께 걸어온 길 뒤로 하고
홀로 걸어가는 것인가?

우리 가을은 떠나보내는 사랑이다.
홀로 돌아보는 애달픈 落下다.

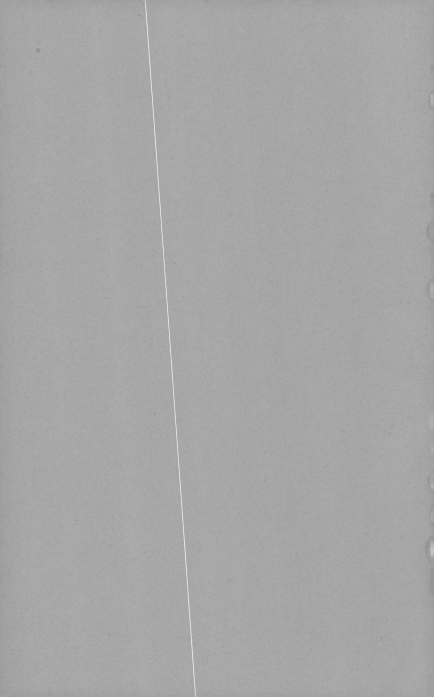